Lucas Cimino

23.

Les Éditions du Boréal
4447, rue Saint-Denis
Montréal (Québec) H2J 2L2
www.editionsboreal.qc.ca

LES RATS
DE L'HALLOWEEN

DU MÊME AUTEUR

DANS LA SÉRIE « LES NUITS DE BLUES »

Pas de poisson pour le réveillon, Boréal, coll. « Boréal Junior » nº 82, 2003.

Saïda le macaque, Boréal, coll. « Boréal Junior » nº 85, 2005.

Salsa la belle siamoise, Boréal, coll. « Boréal Junior » nº 88, 2006.

Pascal Millet

LES RATS DE L'HALLOWEEN

LES NUITS DE BLUES 4

Boréal

Les Éditions du Boréal reconnaissent l'aide financière du gouvernement
du Canada par l'entremise du Programme d'aide au développement
de l'industrie de l'édition (PADIÉ) pour ses activités d'édition
et remercient le Conseil des Arts du Canada pour son soutien financier.

Les Éditions du Boréal sont inscrites au Programme d'aide aux entreprises
du livre et de l'édition spécialisée de la SODEC et bénéficient du Programme
de crédit d'impôt pour l'édition de livres du gouvernement du Québec.

Illustrations : Geneviève Côté

© Les Éditions du Boréal 2008
Dépôt légal : 4ᵉ trimestre 2008
Bibliothèque et Archives nationales du Québec

Diffusion au Canada : Dimedia
Diffusion et distribution en Europe : Volumen

*Catalogage avant publication de Bibliothèque et Archives nationales du Québec
et Bibliothèque et Archives Canada*

Millet, Pascal

    Les rats de l'Halloween

    (Boréal junior ; 94)
    (Les Nuits de Blues ; 4)

    ISBN 978-2-7646-0628-5

    I. Côté, Geneviève, 1964-   . II. Titre. III. Collection : Millet, Pascal. Nuits de
Blues ; 4.

PS8576.I556R37   2008   jC843'.54   C2008-941733-X
PS9576.I556R37   2008

À Urga

Un vampire bien fatigué

S'il y a une nuit affreuse pour un chat, c'est bien la nuit de l'Halloween. Et je ne parle pas de la pluie cinglante, des flaques d'eau glacée ou du vent violent. Non, ce que je déteste par-dessus tout, ce sont les enfants. Des monstres, je vous le dis franchement, des petits gnomes masqués et impolis, des gamins énervés et insolents prêts à vous tirer la queue.

Et j'étais là, au milieu de cette cohue, à risquer ma vie pour une affreuse bestiole qui avait fait peur à Souricette.

En fait, tout avait commencé en début de soirée, tandis que j'étais tranquillement installé bien au chaud, loin de l'agitation extérieure. Mon amie Souricette avait d'abord hurlé, un hurlement de souris, à peine assez fort pour me tirer de ma rêverie. Puis elle était apparue, petite chose tremblotante au milieu du salon.

— Blues ?

Après avoir ouvert un œil, j'avais étiré mes membres et étouffé un bâillement. Elle n'osait bouger, faire le moindre pas dans ma direction, ses deux petites pattes posées au-dessus de son crâne comme si le plafond risquait de s'écrouler à tout instant.

— Je… Je…

— Que me veux-tu ? j'avais demandé, de mauvaise humeur.

— Je…

— Je quoi ? T'as pris un coup sur le crâne ?
j'avais dit avant de bondir de mon perchoir.

— Non, j'ai peur, bien trop peur.

— Et de quoi ?

— Qu'elle s'accroche à ma tête et ne veuille
plus me lâcher…

— Mais qui, enfin !

— Une chauve-souris. Elle voulait te voir,
elle disait que c'était important, puis il y a eu
un courant d'air et elle a disparu.

— Une chauve-souris, en plein hiver !
Décidément, t'as vraiment le cerveau dérangé,
ma pauvre.

— Dans le couloir, va voir !

J'avais alors foncé, trop vite, et mes griffes
avaient patiné sur le plancher ciré. Une erreur,
bien sûr, et je m'étais encastré le museau dans
le mur du couloir avant de me retrouver à
moitié sonné les quatre pattes en l'air.

Reprenant péniblement mes esprits, j'avais
remarqué la fenêtre entrouverte. La bestiole
avait dû entrer par là, voleter au-dessus de

Souricette avant de disparaître dans la nuit noire. Après avoir jeté un coup d'œil dans la rue, j'avais fait demi-tour et retrouvé Souricette au salon.

— Que me voulait-elle? Et je t'en prie, baisse les bras, jamais une chauve-souris ne pourra s'accrocher aux trois poils qui te poussent sur le caillou.

— La nuit des rats, un grand malheur…, c'est ce qu'elle a dit avant de disparaître.

La nuit des rats, la nuit de l'Halloween, la nuits des fous, oui! Je comprenais mieux, maintenant. La pauvre chauve-souris avait dû se réveiller en sursaut et tomber nez à nez avec un petit monstre masqué.

— Bon, eh bien moi, je vais me recoucher.

— Mais, Blues, tu dois la retrouver!

C'était peut-être mon travail de rechercher les disparus, mais comme personne ne m'avait rien demandé, je n'avais aucune envie de sortir pour me geler les os. Reprenant ma position initiale, le corps bien lové sur un coussin et les paupières mi-closes, j'avais simplement décidé de me rendormir un petit moment.

— Blues ! Tu dois la retrouver, elle est peut-être en danger ! avait protesté Souricette.

En danger, sûrement ; à contrecœur, je m'étais faufilé par la fenêtre ouverte avant de m'agripper à ma gouttière préférée.

Une fois dans la rue, je m'étais retrouvé au milieu d'enfants survoltés et bruyants.

Afin de mieux les éviter, j'avais longé les murs et cherché les coins obscurs. Puis j'avais changé de trottoir et regardé la fenêtre éclairée où je me trouvais un instant plus tôt. Là, j'avais réfléchi et essayé de comprendre comment la bestiole avait pu disparaître. Le vent, un courant d'air, avait dit Souricette. Et comme le vent venait du nord, la chauve-souris avait dû être projetée dans la direction inverse, juste à côté d'un tas d'immondices malodorants. Des poubelles, des restes de table qui devaient faire l'affaire de quelques ventres-à-pattes indélicats. Si Molosse et sa bande étaient dans le coin, la chauve-souris risquait de finir sa nuit croquée entre deux mâchoires. Je devais m'en assurer et, pour ça, il n'y avait qu'une solution : pénétrer dans le territoire des chiens.

À pas de loup, les oreilles aux aguets et les moustaches frémissantes, je me suis donc approché de la palissade qui entourait le terrain vague. Ils étaient là, grignotant pour certains quelques sucreries quémandées aux passants.

— Celui-ci est au caramel, a râlé Nonosse. Ça colle aux dents.

— Et celui-ci à la cerise ! C'est pas mangeable, a grogné Molosse, le chef de bande.

— Moi, j'en ai un au citron, et c'est pas mieux si vous voulez mon avis, a grondé Vélosse. Ils feraient mieux de faire des bonbons à la viande. Je ne sais pas, moi, un morceau de bacon enrobé de sucre, ou du steak haché roulé en boulette et servi avec du ketchup.

Tadosse était un peu plus loin, les mâchoires prises dans un chewing-gum. Énervé, il avait le poil hérissé et la queue battante. Un, deux, trois, quatre, le compte n'y était pas, il manquait un chien, et pas le moindre. De tous, je me méfiais particulièrement de Krados, une espèce d'animal galeux à l'haleine fétide. J'ai humé l'air, et une sale odeur de pourriture m'a soudain caressé les narines. Il était presque sous mon museau.

— Eh, les gars, à votre place, je laisserais tomber les bonbons ! Regardez ce que je vois ! il a fait, en désignant le seul arbre qui poussait dans le terrain vague.

Et je l'ai vue, elle, la chauve-souris, accrochée tête en bas, son corps frissonnant enveloppé dans ses ailes. Avec le froid, la neige qui pouvait tomber à tout moment, elle risquait de mourir frigorifiée avant de servir d'amuse-gueule aux ventres-à-pattes.

— Tu crois qu'elle dort ? a demandé Molosse à Krados.

J'ai franchi la palissade et avancé. Après m'être faufilé derrière de vieux sacs de plâtre, j'ai sauté sur une poutrelle d'acier. En équilibre, j'ai continué ma progression toutes griffes sorties. Il ne me restait plus qu'à bondir, à sauter dans l'arbre et à saisir la chauve-souris pour la sauver d'une mort certaine. Comme je bandais mes muscles, Krados a aboyé :

— Là ! Blues ! Non mais regardez ça, il veut emporter notre dessert !

Il était tout proche maintenant, bien trop près de moi, et j'ai senti son haleine avant d'entendre claquer ses mâchoires dans le vide. D'un coup de patte, je lui ai labouré la truffe.

— Aïe ! Si jamais je t'attrape, a fait Krados, je te jure que je t'avale tout rond.

Je me suis vite réfugié en haut de la palissade, le poil hérissé, prêt à défendre ma vie.

— Eh, les gars, le souper est servi. Chat noir et chauve-souris, une superbe bouffe pour la nuit de l'Halloween.

Et l'autre qui dormait toujours enveloppée dans ses ailes. Il fallait que je trouve une idée, et vite, si je voulais la sauver.

— Vous ne trouvez pas qu'elle est grasse pour une chauve-souris ? a fait Molosse.

— Moi, j'aime le gras, a répondu Tadosse, qui avait réussi à se démêler de son chewing-gum.

Elle était grasse, grosse même, et je me suis demandé comment elle avait réussi à voler ainsi. C'est à cet instant que j'ai eu une idée de génie.

— Eh, les sacs à puces ! j'ai lâché en direction des chiens, vous voyez bien que ce n'est pas une chauve-souris !

— Ah non ? a répondu Molosse, qui me guettait en bas de la palissade. Et c'est quoi, alors ?

— Un vampire, j'ai dit, un vampire assoiffé de sang !

— Tu te moques de nous, Blues.

— Sûrement pas, bande d'ignorants ! Regardez, elle est simplement en train de digérer le sang qu'elle a dû boire. La nuit de l'Halloween, c'est la nuit du diable…

— Diablo ! a soudain hurlé la chauve-souris en écartant les ailes.

Quand ses yeux ont brillé dans la nuit comme deux billes phosphorescentes, les chiens ont reculé et je me suis aplati sur la palissade.

— Diablo ! elle a répété, en tentant de reprendre son envol.

Mais elle a chuté, tête la première, sur le sol. J'ai bondi au même instant et foncé sur elle. Après l'avoir attrapée entre mes mâchoires, j'ai fui les chiens au plus vite.

— On se retrouvera, Blues, ils ont hurlé dans mon dos. Tu entends ?

J'avais entendu, oui, mais la bestiole était vivante, endormie mais vivante. Il fallait juste que je lui trouve un endroit chaud et tranquille.

CHAPITRE 2

Le bateau fantôme

Un chat noir avec une chauve-souris entre les dents. Je suis vite devenu une cible pour les regards et les commentaires des passants : « Là, le chat noir, regardez ce qu'il tient dans la gueule ! », « Oh, une chauve-souris ! », « C'est drôle, non ? ». Pas vraiment, non, et pour me rendre jusqu'à la poissonnerie, j'étais bien obligé d'emprunter ces rues trop fréquentées. Alors, j'ai commencé à me fondre dans le décor, à faire partie de l'ambiance de l'Halloween. Une chance! Et j'ai rapidement pu rejoindre la ruelle qui conduisait au parking de la poissonnerie. Je me suis arrêté un instant et j'ai déposé la chauve-souris sur le sol gelé. J'avais les mâchoires fatiguées de la tenir ainsi, sans trop serrer pour ne pas la blesser. Mais elle était encore chaude, chaude donc vivante. Je me suis demandé pour combien de temps. Un vent de plus en plus froid soufflait du nord, un vent qui chassait la pluie mais annonçait de la neige. J'ai humé l'air, essayé de sentir la présence de Mambo et de sa bande de chats joueurs de mandoline, mais aucune odeur familière ne m'a effleuré les narines. Ils devaient être ailleurs, bien à l'abri, peut-être le ventre déjà plein de poisson.

— Eh! Il y a quelqu'un? j'ai miaulé dans la nuit.

Rien. À part le vent qui me soufflait dans les oreilles, tout semblait désert. J'ai ramassé ma bestiole et me suis dirigé vers l'usine de conserves qui bordait la poissonnerie. L'endroit était dangereux, surveillé en permanence, mais on y trouvait toujours, de jour comme de nuit, des restes intéressants à se glisser dans le gosier. Thon, saumon, hareng, maquereau, flétan, il y en avait pour tous les goûts. Rien que d'y penser, mon estomac s'est affolé. J'ai accéléré la cadence, franchi cette zone interdite aux chats et redoublé de prudence une fois entré dans le bâtiment. Quelques gardiens de sécurité surveillaient la conserverie. Tous les jours, ils se baladaient au même endroit à la même heure. Pour être aussi tranquille qu'un poisson dans l'eau, il suffisait d'être renseigné sur les horaires de ronde et de choisir le bon moment pour chaparder un filet de merlan ou une sardine bien fraîche. J'ai pourtant évité d'y penser et me suis directement rendu à l'endroit où mes amis chats avaient leurs habitudes. Là, j'ai lâché la chauve-souris et appelé :

— Mambo ?

C'est Jazz qui m'a répondu :

— Nous sommes sous les toits. Viens, Blues, le spectacle est intéressant.

Après avoir ramassé ma chauve-souris, je les ai rejoints à l'étage. Ils avaient le ventre plein, et Mambo, les paupières à moitié closes, se curait les crocs avec une arête de thon.

— Il en reste si tu veux, et de l'espadon aussi, il a fait en lâchant un petit rot. Mais dis-moi, Blues, c'est quoi ce truc que tu tiens entre les dents ?

— Une chauve-souris, j'ai répondu en la posant délicatement sur le plancher. Et je sais que ce n'est pas dans vos habitudes, mais il faudrait la réchauffer.

Jazz s'est approché pour la renifler :

— Elle est grasse, elle ferait un bon gueuleton.

— La réchauffer, j'ai dit, pas la croquer !

Docile, Jazz s'est couché en boule avant d'attraper la chauve-souris entre ses pattes pour la glisser sous son ventre.

— Une vraie mère poule, a dit Mambo, ironique. Bon, Blues, viens par ici, maintenant, et admire le spectacle.

Je me suis approché de la lucarne pour observer le port. Il y avait des bateaux, des bateaux de toutes sortes, et des hommes aussi, plus d'une vingtaine qui semblaient s'affairer autour d'une vieille coque de noix.

— Ce bateau, a fait Mambo, certains disent que c'est un bateau fantôme. Ils l'ont ramené ce matin du large. J'étais déjà ici, a continué Mambo en se lissant les moustaches, et tu sais quoi, Blues ?

— Non, j'ai répondu.

— Eh bien, quand la proue de ce vieux rafiot a touché le ponton, des centaines de rats ont jailli de cette vieille coque de bois pour disparaître aussitôt dans les égouts.

Des rats… La nuit des rats… C'était pour ça que la chauve-souris me cherchait, pour me prévenir. Mais de quoi exactement, je l'ignorais.

— Il faut la réveiller, j'ai dit. Cette bestiole volante sait quelque chose.

— Elle ronfle, a répondu Jazz. Écoute ça !

Désespérant ! Ça pesait moins lourd qu'une poignée de plumes et ça ronflait plus fort qu'un doberman asthmatique. Je ne pouvais pas croire que cette bestiole était capable de voler au radar et d'attraper des moustiques en plein vol. J'ai tourné la tête et regardé une nouvelle fois le bateau amarré au quai.

— C'est étrange… La nuit de l'Halloween, un bateau fantôme et des rats, des centaines de rats…

— Et surtout un gros rat, a grondé Swing, que je n'avais pas encore vu. Je te jure, Blues, il a fait en s'étirant, un gros rat noir, énorme !

— Diablo ! a hurlé la chauve-souris en se débattant dans son sommeil.

J'ai bondi, attrapé la petite par le cou et l'ai secouée de toutes mes forces en lui hurlant dans les oreilles :

— Ne te rendors pas et dis-moi tout ! Je suis Blues, celui que tu voulais rencontrer !

Elle a ouvert un œil et murmuré :

— Les rats, la nuit des rats… Un grand danger nous guette, nous tous… Binocle sait, Binocle, il faut le prévenir… Il peut nous… ZZZZZZ…

— Elle s'est rendormie, a fait Jazz, intrigué. Drôle de bestiole, et d'après moi elle va dormir encore un bon bout de temps.

Je n'en avais rien à faire, du sommeil de notre protégée. Elle avait peur, c'était un fait, et elle m'avait prié de trouver Binocle au plus vite. Lui seul connaissait peut-être le fin mot de cette histoire, je devais aller le voir.

— Il neige, a fait Mambo d'un air dégoûté. Je déteste l'hiver. Bon, Blues, mon ami, veux-tu du thon ?

Du thon… Je me suis mis à saliver, mais je devais renoncer à ce fabuleux repas. Il fallait partir, prévenir Binocle sans tarder et lui expliquer cette histoire de rats et de bateau fantôme. Avec un peu de chance, il m'offrirait bien une boîte de sardines à l'huile pour calmer ma fringale.

— Désolé, les gars, il faut que je me sauve. Veillez sur elle, et réchauffez-la.

— T'inquiète pas, Blues. On ne bouge pas d'ici.

CHAPITRE 3

Diablo le Noir

Des bourrasques de vent et un froid à vous couper en deux. Après avoir mis le museau dehors, j'ai aussitôt regretté mon premier pas. Ce que Mambo avait pris pour de la neige n'était en fait qu'une espèce de bouillie blanche et humide qui collait aux poils et gelait les os. Me souvenant du thon proposé par Mambo, j'ai été tenté de faire demi-tour.

C'était de la gourmandise, je le savais, et j'ai continué à avancer, à me dire que je devais absolument trouver Binocle, le vieil ermite qui vivait à l'autre bout de la ville. Après avoir péniblement traversé l'immense parking de la poissonnerie, une étendue blanche et glacée, j'ai pris une petite rue plus praticable et longé les murs. Sans être complètement à l'abri, j'avais au moins l'impression d'éviter les rafales de vent et les millions de flocons fous qui me fouettaient la peau. J'avais hâte d'être chez Binocle, bien au chaud dans sa cave, au milieu de toutes ces charcuteries qui pendaient et séchaient au plafond, de ces centaines de bocaux de verre renfermant des pâtes aux formes étranges et aux couleurs variées, de ces conserves de légumes plongés dans une huile d'olive verte et épaisse et de ces petites boîtes dont chacune cachait, allongés côte à côte, six petits poissons argentés délicatement aromatisés aux herbes de Provence. Et de penser à ces sardines alignées, ça m'a aussitôt réchauffé le cœur et donné le courage d'avancer. En plus, je me doutais que Binocle saurait pour la nuit des rats. Binocle savait tout, toujours, et sans jamais bouger de sa cave. Il n'avait qu'à caresser sa vieille barbichette et remonter ses lunettes noires sur son museau pour découvrir la solution d'une énigme.

Arrivé dans la rue de mon vieil ami, je me suis approché du restaurant qu'il occupait au sous-sol et j'ai regardé à l'intérieur. Des gens y étaient attablés, loin de la nuit de l'Halloween et de cette affreuse neige qui couvrait maintenant la ville. Je les ai enviés un instant, un court instant, avant de décoller mon museau de la vitre et de me diriger vers la ruelle. L'entrée du fabuleux domaine de Binocle se trouvait juste là, derrière le soupirail de la cave. Je me suis faufilé à travers les barreaux en faisant bien attention où je posais les pattes. Tonio, le cuistot et propriétaire de ce restaurant, avait l'habitude de tendre des pièges à souris dans tous les recoins, peut-être dans l'espoir d'attraper mon vieil ami. Mais Binocle était un rat, un vieux rat malin, qui se moquait de tous ces pièges comme de sa première dent. Je me suis approché de ses appartements, un gros tonneau vide où il méditait le plus souvent. Comme j'allais frapper trois coups sur une planche qui servait de porte, je l'ai aperçu sur une étagère chargée de fromages plus nauséabonds les uns que les autres.

— Parmesan, gorgonzola, mozzarella et camembert coulant. Cherchez l'erreur, a dit Binocle en tirant sur sa barbichette. Tiens, Blues, il a fait en se retournant. En voilà une surprise ! Je croyais que les chats, surtout les chats noirs, évitaient de sortir pendant la nuit de l'Halloween. Un morceau de fromage ?

— Tu veux me rendre malade ? Garde tes trucs puants, rien que l'odeur me donne envie de vomir.

— Dommage. Celui-ci semble parfait, juste assez croustillant. Un parmesan de deux ans d'âge. Par contre, ce camembert n'a pas sa

place ici, surtout dans un restaurant italien. Bon, si tu ne veux pas manger, qu'est-ce qui t'amène?

Les sardines à l'huile, j'ai pensé, juste une boîte, six petits poissons tendres, alignés dans leur jus.

— La nuit de l'Halloween, j'ai répondu en oubliant les sardines et mon estomac qui criait famine. Il se passe des choses étranges.

— Normal… C'est la nuit des morts, de ceux qui reviennent à la vie et se mêlent aux vivants. Une façon pour ces derniers de faire revivre un souvenir, un proche. Et les gens se déguisent pour se joindre aux revenants. C'est plutôt intéressant comme croyance, car, selon moi, a ajouté Binocle, ce n'est qu'une croyance.

— On voit bien que tu ne mets jamais le museau dehors! Il y a des squelettes qui dansent avec des fantômes. Un vrai monde de fous, et pratiquement rien que des enfants.

— Les enfants s'amusent, Blues. Ils apprivoisent la vie, apprennent à devenir grands.

— D'accord, Binocle. Au diable les marmots! De toute façon, je ne suis pas ici pour ça.

— Alors pourquoi? a demandé le vieux rat en plantant une de ses griffes dans le camembert.

— Les rats, la nuit des rats! En as-tu entendu parler?

Binocle s'est immobilisé un instant en équilibre sur son étagère, la griffe en suspens et dégoulinant de fromage. Puis, lentement, il a repris ses esprits et léché son doigt.

— Trop coulant, il a dit. Vraiment, tu ne veux rien ? a-t-il ajouté en me regardant fixement.

À cet instant, j'ai su qu'il savait. Son attitude peut-être, sa façon malhabile de descendre de l'étagère et d'oublier de remettre le couvercle sur la boîte de camembert.

— Et qui t'a parlé de ça ? il m'a demandé.

— Une chauve-souris, j'ai répondu. Une dingue endormie qui se réveille en sursaut sitôt que quelqu'un parle d'un gros rat noir…

— Diablo ! a murmuré Binocle.

— Oui, c'est le nom qu'elle a donné.

— Diablo, Diablo le Noir, a répété Binocle en remontant ses lunettes fumées sur son museau.

Pour la première fois de ma vie, j'ai vu que mon vieil ami le rat était inquiet. Il tournait en rond, ne cessait de triturer sa barbichette tout en réfléchissant à ce Diablo le Noir sorti de nulle part.

— C'est qui, ce Diablo? j'ai demandé, intrigué.

— Une vieille connaissance et une longue histoire…

— Raconte.

Binocle s'est assis sur son tonneau et a regardé autour de lui. Il donnait l'impression d'être un peu perdu au milieu de son paradis, comme s'il risquait de tout perdre à tout instant. Puis il a ouvert la gueule et s'est raclé la gorge avant de commencer à raconter :

— Je t'ai déjà dit que, dans mon jeune temps, alors que j'étais un magnifique rat, j'avais été prisonnier dans un laboratoire. Tu sais, ce genre d'endroit où les humains se croient tout permis à l'égard des animaux. Ils étudiaient notre comportement, nous faisaient souffrir de mille façons pour mieux comprendre notre sens de l'orientation. On nous affamait, nous obligeait à trouver notre nourriture dans une sorte de labyrinthe, un endroit fait de pièges et de trappes. Pour survivre, il fallait trouver une sortie, et la bonne, c'est seulement ensuite que nous pouvions manger, juste avant de subir d'autres tortures, des aiguilles enfoncées dans les veines par exemple, d'ignobles injections que les hommes testent sur nous. Virus, bactéries et maladies mortelles. Nous étions nombreux au début, mais avec les expériences, les séries de piqûres et tous les autres supplices monstrueux, beaucoup de mes compagnons sont tombés comme des mouches. Un enfer, Blues, chaque jour de nouveaux morts. Il n'y avait qu'une façon de s'en tirer : fuir, le plus loin possible. Et je me suis enfui, en compagnie d'un jeune rat, un rat noir qui portait le nom de Diablo. Je l'avais rencontré au cours d'une expérience. Il était malin, vif et plein de hargne. Chaque fois qu'il le pouvait, il mordait les hommes en blouse blanche, tentait de leur arracher un morceau de doigt. Le soir de notre évasion, il a juré de renverser l'ordre du monde, de conquérir la surface de la terre avec une armée de ses semblables. Je devais l'aider, et nous avons signé un pacte, oui, dans notre chair, un coup de griffe et un échange de sang. Chacun de notre côté, nous devions recruter d'autres rats pour notre projet de vengeance. Malheureusement, aussitôt après avoir quitté l'enceinte du laboratoire, nous sommes arrivés au bord d'une rivière. L'eau était glaciale et profonde, avec des tourbillons et des chutes. Nous étions épuisés, mais nous n'avions pas le choix : nous devions la traverser. Diablo a immédiatement été emporté par le courant avant de couler à pic. Moi, j'ai réussi à me réfugier sur un amas de branches et j'ai dérivé un bon moment.

— Et quoi ? j'ai demandé.

— Je devais me jeter à l'eau, tu comprends ? Je devais nager à contre-courant pour rattraper la rive. Mais la fatigue, Blues… J'ai coulé, bu la tasse, comme Diablo j'allais me noyer.

La voix de mon vieil ami devenait de plus en plus chevrotante. Je le sentais ému. Je n'ai rien dit et j'ai attendu qu'il continue son récit.

— C'est alors qu'il est apparu, a fait Binocle après un silence. Un chien, un gros chien qui nageait dans ma direction. Sous la lune, j'ai vu ses crocs briller. Deux longs crocs aiguisés comme des poignards, des armes tranchantes, redoutables, qui allaient me happer... Et ce chien m'a tiré de l'eau, ce grand chien m'a ramené sur la berge pour me sauver la vie. Je suis resté avec lui quelques jours, juste assez de temps pour comprendre que le pacte que j'avais signé avec Diablo ne comptait pas, que la vengeance ne servait à rien et que quelquefois il valait mieux s'entraider pour vivre en paix.

— Hum... En parlant d'entraide, j'ai dit. J'ai comme une petite fringale à force d'avoir traîné dans les rues par un froid pareil. Tu n'aurais pas un truc pour la calmer ?

— Des sardines ? J'en ai une boîte à peine ouverte, a répondu Binocle, trop content de changer de conversation. Elles sont en haut, sur l'étagère, à côté du fromage.

J'ai aussitôt bondi et croqué tous les petits poissons argentés. Après avoir lapé l'huile, je me suis étiré et j'ai attendu la fin de l'histoire. Comme Binocle tardait à me raconter la suite, je me suis fait un brin de toilette. N'y tenant plus, j'ai été obligé de l'inciter à continuer :

— Et alors, ce chien ?

— Le chien, oui, ce vieux chien, a murmuré Binocle en reniflant. Je… Enfin…

Mon vieil ami était triste, toutes ces choses qui se bousculaient dans sa tête avaient dû raviver des souvenirs pénibles.

— Le chien, a continué Binocle, le chien m'a enseigné que nous pouvions, nous les animaux, tous vivre en frères. Il m'a enseigné ce que Diablo détestait au plus profond de lui-même : la fraternité, Blues. Et je m'en suis souvenu, plus tard, longtemps plus tard, tandis que je vivais dans les égouts de cette ville. Mais c'est une autre histoire.

— Et Diablo, tu crois qu'il est vivant? j'ai
questionné en bâillant.

— Vivant, peut-être… Mais c'est l'Halloween aujourd'hui, la nuit des morts, la nuit des
revenants…

Binocle a continué à parler, et j'ai senti le
sommeil me tomber dessus. Les sardines, mon
ventre plein et la chaleur après le froid. Et j'ai
fermé les paupières un tout petit instant.

Un instant de trop.

Quand j'ai émergé de mes rêves, Binocle
avait disparu.

Pire, ses lunettes noires étaient sur le sol.

Brisées…

CHAPITRE 4

Le jugement de Binocle

— Binocle ! j'ai crié.

Rien. Il avait disparu, ne laissant derrière lui que ses lunettes noires et une petite mare d'eau à côté de son tonneau. De l'eau ? J'ai réfléchi un instant et compris que cette eau ne pouvait être que de la neige fondue. Quelqu'un s'était introduit dans la cave, quelqu'un qui avait laissé des traces humides sur le sol.

J'ai suivi cette piste. Elle venait droit du couloir secret qui donnait dans la cour arrière. Je me suis précipité à l'extérieur et j'ai aussitôt découvert des empreintes sur le sol. Des rats, plusieurs, qui avaient dû s'introduire dans la cave durant mon sommeil pour enlever Binocle. J'ai avancé, lentement, ne voulant pas perdre des yeux ces empreintes laissées dans la neige. Mais je ne suis pas allé loin, les traces s'arrêtaient à quelques mètres, juste devant une bouche d'égout entrouverte. J'ai passé la tête à l'intérieur et appelé :

— Binocle !

Une odeur infecte m'a immédiatement assailli les narines, un truc affreux, pire que l'haleine d'un chien qui aurait mangé des déchets laissés trop longtemps au soleil. Que pouvais-je faire ? Plonger dans les égouts, me perdre à jamais dans ce labyrinthe qui serpentait sous la ville ? J'ai hésité, puis, comme j'allais m'élancer pour tenter de sauver Binocle, des voix ont retenti dans mon dos :

— C'est pas le meilleur coin pour attraper du poisson !

— Surtout pour un chat.

J'ai fait volte-face et grondé :

— Qui est là ?

— Le fantôme de minuit, ont répété les voix en écho.

— Montrez-vous ! j'ai miaulé plus fort.

Et ils se sont montrés, heureux du tour qu'ils m'avaient joué. Whisky, le chien du bar Le Perroquet vert, marchait en tête, suivi des frères Duraton, Nestor et Totor, deux petits rats des champs aux oreilles roses et trouées et au museau trop long.

— Que faites-vous par ici ? j'ai demandé.

— Halloween. On fait peur aux passants et on chipe quelques sucreries au passage. Et toi, Blues, que faisais-tu le museau plongé dans une bouche d'égout ? T'as perdu quelque chose ?

— Binocle a disparu, des rats l'ont enlevé.

— Des rats ? ont fait les Duraton étonnés.

— Des rats, oui, et plusieurs.

— Ce n'est pas la première fois que j'entends parler de rats aujourd'hui, a fait Whisky. Au bar, on ne discute que de ça. Il paraît que les hommes auraient trouvé un étrange bateau avec des milliers de rats à son bord. Des rats énormes, gros comme des chiens, qui auraient fui une fois le bateau à quai.

— Dans les égouts, j'ai murmuré, je sais.

— On dit aussi, a continué Whisky, que ce bateau va être coulé demain, au large des côtes.

— C'est avant qu'ils auraient dû le couler, j'ai râlé. Maintenant, c'est trop tard, le mal est fait. Bon, si vous n'avez rien de mieux à faire que de traîner dans les rues, vous allez m'aider. Toi, Whisky, tu vas prévenir Molosse et sa bande d'affreux, leur dire que tu sais où trouver un bon lunch. Quand tu les auras convaincus, et je compte sur toi, je veux que tu les conduises dans le parking de la poissonnerie. Et surtout, vous m'attendez. Toi, Totor, j'ai dit au plus jeune des frères Duraton, tu iras prévenir les chats, leur dire que j'aurai bientôt besoin d'eux pour massacrer une bande de rats.

— Et moi? a demandé Nestor.

— Toi? Tu vas me servir de guide. On va descendre dans les égouts et essayer de retrouver Binocle.

— Quoi, dans les égouts?!

— Dans les égouts, oui, et tout de suite, j'ai dit en le forçant à emprunter l'échelle de fer qui plongeait dans l'obscurité.

Et je me suis dépêché de le suivre avant de changer d'idée. En fait, ça me dégoûtait autant que lui de descendre là-dedans, mais, pour Binocle, j'étais prêt à tout. Et ça puait, vraiment, j'avais même l'impression de glisser petit à petit dans un estomac en pleine digestion. À cause de l'odeur, bien sûr, mais aussi à cause de tous les gargouillis qu'on entendait sortir de partout. Une horreur, je vous jure, un endroit vraiment pas sympathique.

— Ne t'écarte pas de moi, a murmuré Nestor.

Je n'en avais pas l'intention, oh non, surtout à voir cette eau brunâtre qui coulait à nos
côtés.

— Et dans quelle direction veux-tu aller ?

— Vers le port, j'ai répondu.

— Alors, il faut suivre le courant, a dit Nestor en faisant un pas en avant.

Et nous avons marché, emprunté une espèce de trottoir glissant, un passage étroit, suintant d'humidité, jonché de déchets et puant la moisissure. Comme balade, on pouvait trouver mieux, et surtout plus agréable. Nestor avançait lentement, s'arrêtant régulièrement pour choisir la bonne direction. Un coup à gauche, un coup à droite, un pas en avant, et toujours sur ce maudit trottoir glissant. Moi, je regardais l'eau noire qui coulait, une eau dans laquelle je n'aurais certes pas voulu faire trempette. Bientôt, je me suis habitué à l'obscurité, à l'odeur et aux sons qui me parvenaient. Des sons étranges, comme un murmure.

— C'est quoi, ce bruit? j'ai demandé à Nestor.

— Aucune idée, et j'avoue que je n'aime pas ça.

J'avais entendu dire qu'il était possible de tomber sur de drôles de créatures dans les égouts, comme des crocodiles, des serpents géants, de ces animaux énormes qui pouvaient surgir de l'eau brunâtre pour vous dévorer tout cru en un instant. Rien que d'y penser, je me suis fait plus petit. À droite, à gauche, encore un moment d'hésitation. Nous avons continué ainsi, longtemps, jusqu'à ce que le murmure devienne plus perceptible et que nous entendions enfin des voix. Et je les ai vus. Ils étaient là, tous, plus d'une centaine, tapis contre les murs, dans les recoins humides, toutes griffes et dents dehors, se déplaçant entre de gigantesques citrouilles qu'ils avaient dû voler et descendre sous terre, leurs yeux rouges se reflétant dans la lumière des bougies. Une vision cauchemardesque.

— J'ai peur, a murmuré Nestor.

Des rats, une armée, et Binocle était au centre, prisonnier de ces sales bêtes. Face à lui, un animal plus gros au pelage noir le désignait d'une griffe crochue. Ce ne pouvait être que Diablo.

— Ne bouge plus, j'ai ordonné à Nestor, et attendons.

Je me suis pourtant approché pour tendre l'oreille.

— Ce rat, mes amis, a grogné Diablo, doit être jugé. Il a trahi, brisé le pacte que nous avions signé de notre sang.

— Tu n'es qu'un fou, a fait Binocle. Un fou sanguinaire.

— Un fou? Non, je ne suis qu'un revenant, un rat maudit, un être assoiffé de justice. Et je veux la justice, je veux ma vengeance. Et je vais me venger. De toi, d'abord. Toi qui enseignes la fraternité, toi qui as été sauvé par un chien. Un chien… Et où est-il aujourd'hui, ce chien, peux-tu me le dire? Viendra-t-il te sauver une seconde fois?

Binocle a baissé la tête, une larme a coulé de son museau, et il a murmuré :

— Il est mort de vieillesse.

— Ha, ha, ha! a rigolé l'autre cinglé. Et moi, je suis revenu d'entre les morts, pour cette nuit, et pour vous, et je vous promets un nouveau monde, un monde qui va bientôt nous appartenir, un monde où les chiens et les rats ne seront pas amis. Nous envahirons la ville, les magasins, les sous-sols, nous attaquerons les entrepôts, grignoterons toutes les réserves et chasserons tous les autres animaux. Jamais plus nous ne verrons d'écureuils dans nos poubelles ni n'entendrons le chant des oiseaux. Tout nous appartiendra, même le silence.

Du pur délire ; Diablo se prenait pour un fantôme, un revenant. Il promettait n'importe quoi à grand renfort de gestes. Un maniaque, oui, un échappé de l'asile.

— J'aimerais que tu nous parles aussi de ce chat, a continué Diablo. Peux-tu nous expliquer comment tu as fait pour élever un de nos ennemis ?

De plus en plus intéressant ; cette histoire commençait vraiment à me captiver.

— Sa mère était mourante, blessée, quand

elle m'a demandé de prendre soin de son chaton. C'est ce que j'ai fait. Oui, j'ai élevé un chat, je le reconnais. Et oui, je lui ai enseigné la fraternité et la justice.

— Des mots, rien que des mots. Quand nous en aurons fini avec toi, nous trouverons ce chat. Blues, c'est son nom, n'est-ce pas?

Quoi? Avais-je bien entendu? Moi, Blues, j'avais été élevé par le vieux Binocle? Était-ce possible? Je me suis soudain senti bizarre, loin de tout, comme dans un brouillard. Puis je me suis rendu compte que je connaissais Binocle depuis toujours. Un ami, c'est ce que je pensais, alors qu'il était plus, beaucoup plus. Et d'un seul coup mon poil s'est hérissé, et mes griffes m'ont titillé le bout des pattes. Ce Diablo allait souffrir, et tout de suite.

— Non, Blues, a fait Nestor en me retenant par la queue. Il vaut mieux réfléchir avant de se jeter dans la gueule du loup. Seul, tu n'aurais aucune chance, ils sont trop nombreux, et Diablo n'a pas l'air d'un rigolo.

— À minuit, a dit Diablo en levant sa griffe crochue. À minuit juste, quand le dernier coup aura sonné au carillon de la ville, ce rat, ce traître de Binocle sera à vous, mes amis.

Et le murmure des rats est devenu une clameur. J'ai même eu l'impression d'entendre leurs petits crocs aigus s'entrechoquer de bonheur. Nestor avait raison, je ne pouvais pas me lancer ainsi dans la bataille. J'avais besoin d'aide, de l'aide de tous pour sauver mon ami et réduire à néant cet infâme Diablo le Noir.

CHAPITRE 5

Retour à la surface

— Ça veut dire que nous sommes presque frères…

— Quoi ?

— Toi et moi, a dit Nestor. Si t'as été élevé par un rat…

— Tais-toi, ou je te laboure le postérieur ! Je suis un chat, souviens-toi, pas une espèce de rat aux oreilles trop roses et au museau disproportionné. Et puis, au lieu de raconter n'importe quoi, tu ferais mieux de nous trouver une sortie, et vite. Ça commence à sentir le renfermé là-dedans.

En fait, je m'inquiétais surtout de l'heure. Minuit, avait dit Diablo ; au dernier des douze coups, Binocle ne serait plus.

— Et où veux-tu aller ?

— À la poissonnerie, j'ai répondu. Plus le temps passe et plus ces odeurs m'agacent les narines.

— Parfum de ville, a répondu Nestor en hésitant sur le chemin à prendre. Par là, il a ajouté en s'engageant dans un tunnel de faible diamètre.

À mesure que nous avancions, j'ai eu l'impression que le passage choisi se rétrécissait. Bientôt, j'ai dû ramper, les oreilles basses et les moustaches au ras de l'eau polluée.

— Alors, ça vient, cette sortie ?

— Je… Enfin… Je crois qu'on est perdus.

— Perdus ?

Nestor s'affolait, sa petite truffe en mouvement, cherchant une bouffée d'oxygène, un courant d'air frais venu de l'extérieur.

— C'était l'autre tunnel qu'on aurait dû prendre.

J'ai râlé, pour la forme, et commencé à me sentir oppressé. Je n'avais vraiment pas envie de finir ma nuit dans les égouts à tourner en rond ou à rester coincé dans un boyau nauséabond.

Et, d'un seul coup, on les a entendus, un cliquetis infernal, un bruit inquiétant qui se rapprochait. Des rats, plusieurs. Ils avaient dû deviner notre présence, et ils nous poursuivaient, leurs griffes crochues résonnant en écho à chacun de leurs pas.

— Il n'y a plus qu'une solution, a dit Nestor. L'eau, il faut plonger.

— Comment ? Tu veux qu'on prenne un bain dans cette soupe de microbes ?

— Pas le choix, Blues.

Ah ! mes amis, pour un chat, c'est déjà un

calvaire de se baigner, mais là, dans cette mélasse puante, j'ai trouvé que c'était exagéré.

— Ils se rapprochent, Blues. Et le temps passe.

Minuit, les douze coups, et une troupe de rats assoiffés de sang derrière nous. À la une, j'ai pensé, à la deux, et à la trois. Surtout ne pas boire la tasse. Et j'ai plongé, avalé une gorgée de ce poison et nagé au plus vite derrière Nestor.

— Une sortie ! il a crié. Juste devant, j'aperçois une lumière !

Je l'ai vue. Juste une tache au loin, un brouillard blanc, une lueur d'espoir. Mais Nestor ne m'avait pas tout dit. Le courant est soudain devenu plus rapide et agité de remous. J'ai commencé à tourner sur moi-même. Tête en haut, tête en bas, le museau sous l'eau, la gueule entrouverte à boire toute cette saleté de flotte. Et d'un seul coup, j'ai volé, je le jure, un vol plané, directement dans le vide. J'ai juste eu le temps de distinguer les réverbères du port avant de retomber comme une pierre et de me retrouver une nouvelle fois dans l'eau.

— On a réussi! a crié Nestor. Regarde, nous sommes dans le port.

Dans le port, oui, mais dans l'eau encore. Par contre, l'air était frais, respirable, il n'y avait plus qu'à nager pour s'en sortir, faire deux ou trois brasses pour rejoindre les quais. Une erreur. Krados m'attendait, les babines retroussées sur ses crocs.

— Je t'avais bien dit qu'on se retrouverait. Allez, arrive ici, le chat.

Je me suis accroché au premier ponton, j'ai tiré sur mes pattes et me suis enfin hissé sur la terre ferme.

— Ridicule… Il n'y a vraiment rien de plus ridicule qu'un chat trempé.

— Au moins, moi, je ne suis pas déguisé.

Krados avait les pattes avant et le poitrail tout blancs.

— C'est de ta faute, sur le terrain vague je suis tombé sur un vieux sac de plâtre quand j'ai essayé de t'attraper. Allez, approche, qu'on règle enfin nos comptes.

— Le temps n'est pas à la bagarre, j'ai dit en m'ébrouant. Molosse et les autres sont là ?

— Nous sommes tous là, Blues. Juste pour toi. Whisky a promis de nous offrir une bonne bouffe, je ne savais pas que c'était du chat qu'on allait se mettre sous la dent.

— Pas vraiment du chat, a dit Nestor en sortant de l'eau. Mais du rat, des centaines de rats. Tu vois ce bateau, gros malin ? Eh bien, plus d'un millier de rats étaient à son bord, des centaines et des centaines, avec des dents plus longues que des griffes, des monstres bien plus dangereux que des chiens.

— Plus dangereux que des chiens? a ricané Krados. Ça m'étonnerait, et je vais vous le prouver.

Comme Krados devenait de plus en plus menaçant, j'ai dû intervenir :

— Nestor a raison. Aucun chien ne ferait le poids contre un seul de ces rats. En plus, ils veulent vous chasser de la ville, vous, les chiens, et pas seulement pour vos poubelles.

J'exagérais un peu, mais je voulais énerver Krados, le mettre en colère. J'ai donc insisté :

— Des moins que rien, des charognards, des sacs à puces, des poubelles ambulantes, des ventres-à-pattes, c'est ce qu'ils disent des chiens. Et je ne peux pas te répéter ce qu'ils ont dit de toi.

— De moi? Et qu'est-ce qu'ils ont dit de moi?

Krados allait mordre à l'hameçon. Il était

prêt à en découdre avec les rats, à foncer dessus tête baissée. J'ai ferré le poisson.

— Que t'étais le plus moche et le plus bête. Juste une bestiole inutile, à peine bonne à lever la patte contre un réverbère.

Ses yeux ont changé de couleur, ses pupilles se sont dilatées et ses babines se sont chargées d'écume. Krados tremblait de rage, de la vraie dynamite, il ne me restait plus qu'à allumer la mèche.

— Et qu'en plus t'as peur du noir.

— Quoi ! ?

— C'est ce qu'on a entendu, a ajouté Nestor en me faisant un clin d'œil, rien de plus.

Je n'avais pas de plan, juste une ou deux idées, la première étant d'énerver les chiens. Pour Krados, j'avais réussi. Il était enragé, complètement, mais seul il ne pourrait rien faire contre les rats, je savais qu'ils n'en feraient qu'une bouchée. Je ne pouvais pas l'envoyer ainsi à l'abattoir. En plus, il y avait Binocle.

— Il est quelle heure ? j'ai demandé, soudain inquiet.

— L'heure de manger, toujours, a répondu Krados en écumant des babines. Alors, tes rats, ils sont où, qu'on en finisse ?

— Dans les égouts. Mais attends, il nous faut un plan d'attaque. Où est Molosse ?

Molosse nous attendait dans le parking de la poissonnerie, en compagnie de Véloce, de Nonosse et de Tadosse. Mais les chiens n'étaient pas seuls, Mambo aussi était là, avec Swing et Jazz, tous prêts à s'étriper.

— C'est notre territoire, a miaulé Mambo. Les chiens n'ont rien à faire ici.

La tension était palpable. Je devais absolument empêcher tout pugilat, du moins pour le moment.

— Attendez, j'ai crié, je vais vous expliquer.

Et je me suis placé entre eux, au milieu du cercle qu'ils avaient formé, recevant des rafales de vent dans le museau, avalant des flocons de neige, mais parlant comme jamais je ne l'avais fait, avec des gestes pareils à ceux de Diablo le Noir, désignant les égouts et la menace qui pesait. Et ils m'ont écouté, acceptant pour quelque temps de s'allier contre les rats. Il fallait maintenant que je trouve un plan, un vrai, et j'ai pensé au vieux chien qui avait sauvé Binocle de la noyade, ce chien disparu depuis longtemps, mais qui pouvait, pour l'Halloween, revivre au moins une nuit.

— De la farine, j'ai dit. Il nous faut de la farine.

CHAPITRE 6

Une alliance inattendue

D e la farine ? Et que veux-tu faire avec de la farine ?

— Simplement jouer aux fantômes.

En fait, je voulais faire croire à Diablo le Noir que le vieux chien qui avait autrefois sauvé Binocle était de retour. Ou, mieux, qu'il vivait là, dans les égouts, qu'il les hantait depuis toujours, n'apparaissant que pendant la nuit de l'Halloween.

— Un chien blanc, vous comprenez. Ce diable de rat aura peur.

— Mais aucun de nous n'est blanc, a fait Molosse.

— Si, Krados ! Enfin presque, à cause du plâtre. C'est ça l'idée, vous rouler dans la farine !

— Et où vas-tu la trouver, ta farine ?

— Mais vous êtes bêtes ou quoi ? Dans l'usine à conserves, bien sûr !

Et nous en avons pris le chemin, en silence, pour éviter les gardiens de nuit. Une fois à l'intérieur, les chiens se sont mis à saliver devant la quantité de poissons qui attendaient d'être transformés.

— Ici, j'ai expliqué, les hommes fabriquent des soupes, du poisson pané et même des aliments pour chats. Il faut juste ajouter de la farine, et c'est ce qu'on cherche, mes amis.

Les sacs n'ont pas été longs à trouver. Ils étaient dans une remise, bien au sec. On les a vite éventrés, à coups de crocs et de griffes, faisant ainsi se répandre dans la pièce un nuage épais, blanc, qui retombait en poussière et nous collait aux poils.

— Faites vite ! j'ai crié aux chiens.

Pendant qu'ils se roulaient dans la farine, je pensais à l'heure qui tournait. En fait, j'y pensais sans cesse, attendant avec angoisse le premier coup de minuit au carillon de la ville.

— Et nous, qu'allons-nous faire ? a demandé Mambo.

— Toi, Swing et Jazz, vous vous posterez à la sortie des égouts. Quand les rats arriveront, je veux que chacun d'eux prenne un bon coup de patte avant de se retrouver dans l'eau du port.

— Et ensuite ?

— Le bateau. D'après Whisky, demain les hommes vont le couler au large. J'aimerais simplement que les rats soient à son bord.

Je savais qu'il manquait quelque chose à mon plan, que les rats ne s'échapperaient sûrement pas tous du même endroit, qu'ils n'emprunteraient pas tous le conduit par lequel j'étais sorti des égouts en compagnie de Nestor. Pire, j'ignorais si les rats auraient peur des chiens. De plus, une fois dans l'eau du port, rien ne me disait qu'ils embarqueraient sur le bateau. Je devais donc m'en assurer :

— De l'aide du ciel, j'ai murmuré. Oui, c'est ça, il nous faut une escadrille de chasse. Totor, j'ai dit au plus jeune des frères Duraton, tu iras prévenir Marco et Polo, les pigeons voyageurs, et Volatile, la mouette. Tu leur diras que je veux qu'ils attaquent du ciel, qu'ils se jettent sur les rats à coups de bec et les obligent ainsi à monter sur le bateau.

— Et tu crois que ça va marcher ? a demandé Mambo.

— J'espère.

Je n'en étais pas vraiment sûr, j'avais des doutes, mais je devais tout faire pour sauver Binocle, ou du moins essayer.

— Nous sommes prêts, a grondé Molosse. Blancs, comme tu voulais.

Blancs, oui, ils l'étaient tous, avec leurs gueules entrouvertes sur leurs crocs, mais ils ne ressemblaient pas vraiment aux fantômes que j'avais imaginés. Sur leur pelage déjà humide à cause de la neige, la farine avait collé, dégouliné le long de leurs flancs, formant des croûtes et de petites stalactites de pâte jaunâtre auxquelles toutes sortes de cochonneries, écailles

et poussière, avaient adhéré. Ils étaient restés des chiens, juste des chiens, des êtres malpropres, puant seulement un peu plus que d'habitude.

— Allons bouffer tes rats, a fait Krados.

— Bien, retournons-y, j'ai dit à Nestor, et trouve-nous une entrée pour les égouts.

Il n'y en avait qu'une, et elle était là, sous nos pattes, juste à côté d'un tas de carcasses de harengs et de maquereaux, une sorte de glissoire qui menait directement aux égouts.

— Tu veux qu'on passe par là ?

— C'est le seul moyen, a dit Nestor. Le plus rapide en tout cas.

— Allez, Blues, ne fais pas le délicat, a râlé Krados dans mon dos.

Délicat… Les chiens sont passés devant, pas vraiment dérangés par les relents de détritus, et j'ai suivi, glissé dans ce toboggan souillé pour me retrouver une nouvelle fois dans l'eau putride. Bien sûr, j'ai bu la tasse, encore avalé quelques décilitres de saletés avant de refaire surface. Mais, oui, nous étions dans les égouts, sous la ville.

— Sortez de cette mélasse, j'ai ordonné aux chiens, sinon la farine va se diluer !

— Dommage, c'est pas mauvais comme soupe, à grogné Molosse.

Une fois sur le petit trottoir glissant, j'ai remarqué que mes compagnons n'avaient vraiment plus rien de fantômes ou de revenants. La farine disparue, on ne voyait plus que leurs côtes de chiens errants. Mon plan ne valait rien, jamais les rats n'auraient peur de nous.

— Faut renoncer, j'ai dit, on ne peut…

Au même instant, à la surface, le premier coup de minuit a sonné.

— Alors, Blues, qu'est-ce qu'on fait ?

— Je…

— Moi, a fait Krados, j'y vais, et seul s'il le faut ! Je ne me laisserai pas traiter de sac à puces sans réagir. Et je vais leur prouver que je n'ai pas peur du noir.

— Et moi, a fait Nestor, si Krados veut y aller, je dois le guider.

— Krados n'ira pas sans moi, a grogné Véloce.

— Ni sans nous, ont dit Tadosse et Nonosse en chœur.

— C'est moi le chef, a grondé Molosse. Et ce n'est pas un rat qui va me voler mes poubelles.

Quand j'ai entendu le deuxième coup de minuit, j'ai su que je devais les suivre, au moins pour essayer de tirer Binocle des sales pattes crochues de ce Diablo le Noir.

— Allons-y, j'ai crié, et pas de quartier !

Nestor a pris la tête de notre troupe. À gauche, à droite, une hésitation, et encore à gauche. Au sixième coup de minuit, nous étions face à eux.

— Ils sont plus nombreux que je ne le pensais, a murmuré Krados en montrant les dents.

J'avais peur, je l'avoue. D'abord à cause du nombre, mais aussi à cause de l'ambiance, de ces citrouilles que les rats avaient descenducs de la surface, de ces sourires tordus et étranges illuminés de l'intérieur par des bougies, de ces bouches découpées et déformées aux dents brisées ou pointues.

— Ce ne sont que des citrouilles, j'ai murmuré.

Et j'ai vu Binocle, derrière les rats, une pierre attachée autour de son pauvre cou, prêt à être jeté dans l'eau noire des égouts.

— Vas-y, Molosse, imite la voix du fantôme, a fait Krados.

— Je suis le vieux chien, a dit Molosse avec une voix d'outre-tombe. Et je viens sauver mon ami…

Ils ont ri… Les rats ont ri, tous. Ils ont ri et ont montré les dents, de toutes petites dents aiguisées, plus coupantes que des lames de rasoir. Puis Diablo s'est soulevé sur son derrière avant de tendre sa patte aux griffes crochues dans notre direction.

— Emparez-vous d'eux, a-t-il crié à son

armée, et apportez-moi ce chat, que je lui tranche la gorge.

Pas un rigolo, ce Diablo. Et le douzième coup de minuit a résonné dans les égouts; Krados a foncé, suivi de Molosse et de Véloce. Je les ai aussitôt imités, toutes griffes dehors. Et je vous jure que le poil a volé. Une bagarre, mes amis, pour nos vies. On n'a bientôt plus entendu que des coups de dents, des plaintes et des cris. J'ai mordu, griffé, bondi et encore mordu. Je visais les yeux, ces yeux rouges qui petit à petit nous encerclaient d'un peu plus près. La fin était proche, je le savais, nous n'aurions pas le dessus, nous allions succomber sous le nombre, mourir sous terre.

— Le gaz! Vite, le gaz! Les hommes ont envoyé du gaz dans les égouts, a hurlé Nestor.

La débandade, et quelle idée de génie! La plupart des rats ont fui, droit devant eux, plongé dans l'eau sale pour prendre la direction du port.

— Bien joué! j'ai dit à Nestor.

— Mais Blues, ce n'est pas une blague, regarde !

Je me suis retourné et j'ai vu un épais nuage envahir les égouts. Un nuage vert, fluorescent, qui sentait l'ammoniac et commençait déjà à nous piquer les yeux. Les hommes dératisaient, nettoyaient à leur façon.

— Sauvez-vous, les amis, vite !

Je me suis dégagé de l'emprise de mes derniers agresseurs et j'ai foncé. Pas dans l'eau, non, mais à la poursuite de Diablo qui tenait toujours Binocle prisonnier.

— Non, Blues, a crié mon vieil ami. Ne fais pas ça, fuis pendant qu'il en est encore temps !

Le gaz derrière et Diablo devant. Je devais faire vite, très vite si je voulais un jour sortir des égouts.

CHAPITRE 7

La fin d'un tyran

Oublier le gaz et courir, poursuivre Diablo jusqu'au bout du monde. Je me suis bientôt retrouvé seul dans le noir, hésitant entre deux voies possibles. J'ai pris à gauche, par instinct. Je me suis alors rendu compte que je me déplaçais sans réfléchir, comme si je savais exactement où j'allais. Binocle m'avait-il enseigné son sens de l'orientation ou étais-je à moitié rat ? Il y avait trop de questions dans ma tête, ma mère et mon enfance, je devais me concentrer, ne pas oublier que Diablo le Noir pouvait être là, tapi le long d'un mur, prêt à me sauter dessus. Une intersection, une nouvelle, et aussitôt le réflexe de tourner, de choisir une direction. Rat, j'étais rat, un animal avec une boussole dans le cerveau. Désormais, rien ne pouvait plus m'arrêter, m'empêcher de foncer vers mon destin, ni l'obscurité ni cette affreuse odeur d'ammoniac. J'étais un autre, le fils adoptif de Binocle. J'ai crié :

— Je suis là, j'arrive !

Je me suis faufilé dans un nouveau conduit. Il était plus large, faiblement éclairé par une lueur extérieure. En levant le museau, j'ai découvert que cette clarté bleutée qui tombait du ciel provenait d'une grille qui donnait sur la rue. De l'air, enfin, l'espoir aussi d'échapper au nuage vert et fluorescent, à ce gaz mortel. J'ai respiré à pleins poumons et je les ai vus au même instant au fond du conduit, acculés dans un cul-de-sac, Diablo et Binocle, le premier cherchant à pousser le second dans l'eau noire. J'ai bondi, me suis précipité. Et j'ai frappé, tailladé et balafré, visé les yeux et cherché à blesser. Un combat difficile, acharné, avec un spectateur fatigué : Binocle semblait au plus mal, complètement épuisé.

— La corde, j'ai dit au vieux rat, libère-toi de cette corde !

Je craignais que, dans la bataille, la pierre attachée à son cou ne tombe à l'eau et ne l'entraîne à sa suite.

— Tu vas mourir, le chat ! a hurlé Diablo en m'attrapant une oreille.

Une douleur soudaine, et du sang. L'animal était fort, puissant et méchant. J'ai reculé, évité de justesse ces vilains doigts armés de griffes crochues. Un coup de patte, encore un, et j'ai glissé sur le sol pour me retrouver sur le dos, la gorge offerte. Diablo a aussitôt profité de ma faiblesse. Il m'est tombé dessus de tout son poids, gueule ouverte.

— C'est fini, le chat. Tu vas crever.

J'ai encore essayé de me débattre, de le repousser. Mais je savais qu'il avait raison, que j'allais mourir là, maintenant, au fond d'un égout. Ses canines ont glissé sur mon cou, cherché la peau plus tendre, et, comme il allait m'enfoncer ses crocs dans la chair, son corps a basculé sur le côté. J'ai soudain été libre, capable de respirer. Quand je me suis remis sur mes pattes, j'ai compris ce qui était arrivé. La corde, la pierre, Binocle avait réussi à s'en défaire pour les attacher à Diablo avant de le pousser à l'eau. Et le tyran avait péri, disparu dans la flotte crasseuse des égouts, ne laissant échapper que quelques bulles d'air qui éclataient en surface.

— C'est affreux, j'ai dit.

— Oui, mais je n'avais pas le choix, a fait Binocle.

— Et maintenant ?

— Maintenant ? Il faut fuir !

Le gaz, je l'avais oublié. Mais les vapeurs toxiques étaient là, et avec elles ce brouillard vert et fluorescent qui avançait dans notre direction.

— À l'eau, a crié Binocle, maintenant !

Nous avons sauté et nagé le plus vite possible. Mais le gaz nous rattrapait, un léger picotement commençait même à m'agacer les narines.

— C'est la fin, j'ai dit à Binocle.

— Rien n'est jamais fini, Blues. Il faut croire à la chance. Tiens, regarde !

Une tête, une énorme tête illuminée flottait devant nous. Une citrouille, une citrouille avec une bougie à l'intérieur.

— Et c'est ça, notre chance ?

Le gaz avait dû attaquer le cerveau de Binocle et commencé à lui grignoter quelques neurones.

— Oui, Blues. Si nous réussissons à la retourner et à nous cacher à l'intérieur, nous serons sauvés.

Nous l'avons aussitôt retournée pour glisser nos museaux à l'intérieur. L'air, prisonnier de la citrouille renversée, l'empêchait de couler et nous permettait de respirer. Juste un peu, suffisamment pour survivre.

— Mais le gaz va passer à travers les yeux, j'ai dit, affolé.

— Tais-toi et arrête de respirer. Il y a une sortie pas loin.

J'ai cessé de respirer. Pas longtemps. Et, d'un seul coup, nous avons été projetés dans le vide. Et quel saut, mes amis, plus de trois mètres de haut, et directement dans l'eau du port. Sans savoir comment, nous nous sommes retrouvés dans notre citrouille qui flottait tranquillement au milieu des bateaux. Et quel spectacle ! Imaginez la couleur, les bouées du large, rouges et vertes, la lumière des embarcations, les quais, les réverbères, quelques flocons de neige par-dessus tout ça, et les rats. Les rats assaillis de toutes parts. Et les chiens leur gueulant après, Marco et Polo plongeant sur eux, et Volatile, la mouette, frappant chaque crâne de son bec acéré. Et les rats qui n'étaient pas encore dans l'eau se trouvaient sur le quai, en mauvaise posture, face à Mambo, Swing, Jazz, et même Krados qui hurlait à tue-tête :

— Je n'ai pas peur du noir et vous ne volerez pas mes poubelles !

Un vrai spectacle, oui, et nous en avons profité avec Binocle, heureux que nous étions dans notre embarcation, trempés comme des soupes mais vivants.

— Dis, j'ai demandé à mon vieil ami. Ma mère, ma jeunesse, tu me racontes?

— Plus tard, Blues, je te raconterai, mais plus tard. Quand nous serons au chaud, et rien que tous les deux.

— Promis?

— Juré.

Je suis resté silencieux, regardant autour de moi tous mes amis qui luttaient contre les rats. Sur le coup, j'ai trouvé que c'était une belle nuit, peut-être la plus belle de ma vie. Mais, arrivé sur les quais, j'ai déchanté. Si nous avions réussi à sauver Binocle, les rats allaient finir noyés en mer.

— Ce bateau, j'ai dit à Binocle. Demain, les hommes vont le couler et tout ce qui est à bord va disparaître.

— Et alors?

— Les rats vont mourir noyés.

— Ces rats ne sont plus vraiment des rats,
Blues. La haine, l'envie de son prochain, la soif
de pouvoir. Ils ont suivi un chef, un tyran, et
ils ont perdu. C'est ainsi. D'ailleurs, dis-toi que
les rats savent nager.

Comme j'allais répondre quelque chose, les
autres nous ont rejoints.

— Un bon plan, Blues !

— Super !

Puis, après quelques félicitations, Krados s'est planté devant moi et m'a montré les dents :

— Le lunch, maintenant. Tu te souviens de ta promesse, Blues ?

— Je... Oui... Enfin...

— Demain, a dit Binocle à Krados. Viens au restaurant et je t'offrirai un jambon de Parme.

— Un jambon ? a fait Krados, incrédule.

— J'ai dit un jambon, a répété Binocle, un jambon entier.

Satisfaits, les chiens ont quitté les quais sans rien demander de plus. Ils nous avaient aidés, et Binocle était sauvé.

— Bon, a fait Mambo. Et si on allait se réchauffer ?

— En avant pour la poissonnerie, a proposé Jazz. Allons retrouver la chauve-souris.

Je l'avais complètement oubliée, celle-là.

— Vous l'avez laissée seule ? j'ai demandé.

— Elle s'est accrochée à une poutre, et si tu veux mon avis, a dit Swing, elle risque d'y rester jusqu'au printemps.

— Je me demande encore pourquoi elle était si grasse, a fait Mambo.

— Une sentinelle, a répondu Binocle. Certaines mangent pour rester éveillées et prévenir les autres en cas de danger. C'est ce qu'elle a dû faire.

— Bon, alors ? On y va maintenant ? J'ai bien envie d'avaler un morceau de thon, a dit Mambo.

Tous ont suivi, même Marco et Polo, les pigeons voyageurs, et Volatile, la mouette. Moi, j'ai préféré m'éloigner, et j'ai marché sur les quais, regardé les bateaux. Ma mère, mon enfance, bientôt j'allais tout savoir. Et j'ai chanté, j'ai chanté le blues de Blues.

Table des matières

AUTRES TITRES AU CATALOGUE

Boréal Inter

Imprimé sur du papier 100 % postconsommation.

MISE EN PAGES ET TYPOGRAPHIE :
LES ÉDITIONS DU BORÉAL

ACHEVÉ D'IMPRIMER EN OCTOBRE 2008
SUR LES PRESSES DE L'IMPRIMERIE MÉTROLITHO
À SHERBROOKE (QUÉBEC).